북한산에서

북한산에서

초 판 1쇄 2020년 07월 20일

**지은이** 박선규
**펴낸이** 류종렬

**펴낸곳** 미다스북스
**총괄실장** 명상완
**책임편집** 이다경
**책임진행** 박새연, 김가영, 신은서
**책임교정** 최은혜, 정은희, 강윤희, 정필례

**등록** 2001년 3월 21일 제2001-000040호
**주소** 서울시 마포구 양화로 133 서교타워 711호
**전화** 02) 322-7802~3
**팩스** 02) 6007-1845
**블로그** http://blog.naver.com/midasbooks
**전자주소** midasbooks@hanmail.net
**페이스북** https://www.facebook.com/midasbooks425

© 박선규, 미다스북스 2020, *Printed in Korea.*

ISBN 978-89-6637-821-0 03810

값 12,000원

박선규 시와 좌우명

북한산에서

미다스북스

북한산에 와서 생각합니다.

세상의 아픔이 더 깊어지지 않는 것은 당신의 푸르름 때문이라는 것을.

# 서문

세월은 속절없이 흐르고
삶은 흔들리는 것이다.
지난 일들을 생각하면
먹먹해지고
앞날을 생각하면
막막해지지만
다 지나가는 일이다.

돌이켜보면
비바람에 흔들리면서도
푸른잎을 내는 나무처럼
푸른잎 하나 내지 못하고
묵은 세월만큼 지혜도 쌓지 못한 채
낡아갔다.
무수히 매달린 나뭇잎들이
나무의 생애이듯
나의 생애를 만든
많은 인연들을 되돌아본다.

우연과 운명.

흠 많았던 삶.

삶은 외롭고 힘든 것이라는 것을

받아들이고 그대로 밀고 가야 한다.

이기지 못할 것들을 껴안고

용을 쓰던 시간도 지나고,

언젠가 변하고 사라질 것들에 대한

마음의 짐도 내려놓아야 할

시간이다.


아직도 침묵의 미덕을 배우지 못하고,

"사람의 영혼을 생각하면

눈물나고, 삶이 고단하고 서러웠던 것은

내 영혼에 남은 마지막

아름다운 흔적 때문이었다"는

변명을 늘어놓고 싶은 것은

내 천성의 경박함과 속됨 때문이다.

오랫동안 원하고 바라는 일들이

이루어지기만을 바라면서 살았지만

이제사 살아 있는 일상들이 모두

기적奇蹟임을 깨닫는다.

언젠가 떨어져서 사라질

한잎 가랑잎 같은 삶.

우리에게 필요한 것은,

몸을 누일 작은 공간과

움직일 수 있는 소량의 음식과

일생에 단 한 번의 사랑뿐이라는

단순한 지혜를 깨치지 못하고

무겁고 힘겹게 살았다.

그러나 더 낡아가지는 않겠다.

비록 닳아서 사라지더라도


이제 오래 매었던 넥타이를 풀어야 할

시간이다.

고요하고 흔들림없이

내 오래 묵은 외로움도

함께 풀리기를 바라면서…


2020년 여름

추천사

# 詩들이여 永生하라

문학이라는 이름의 바다에는 각양각색의 생명체들이 서식하고 있다. 어떤 생명체들은 청어처럼 날렵한 모습으로 떼를 지어 표층을 헤엄쳐 다니고, 어떤 생명체들은 해삼처럼 고독한 모습으로 혼자 해저를 방황한다. 어떤 생명체들은 해파리처럼 해면에 유기되어 정처 없이 표류하고, 어떤 생명체들은 산호처럼 암벽에 고착되어 끊임없이 흔들린다. 진실로 투명한 마음의 눈을 뜨고 들여다보라. 만물은 존재함으로써 이미 눈물겹도록 아름답지 않은가. 나는 그 생명체들을 분석이라는 명분의 도마 위에다 올려놓고 무딘 식칼로 난도질을 해대거나, 비평이라는 명분의 저울 위에다 올려놓고 흐린 안목으로 눈금을 대중하는 따위의 몰지각한 행위를 병적으로 혐오하는 습성을 가지고 있다. 따라서 나는 박선규라는 시인의 바다에서 탄생한 생명체들에게 오직 한마디만을 덧붙여 주고 싶다.

시들이여 영생하라.

안개의 도시에서
- 작가 李外秀(그림 李外秀)

## 인간적인, 너무나 인간적인

박선규 씨의 시는 순수한 심성에서 우러나온 서정시다. 그는 자연의 아름다움과 소시민적 삶의 애환을 진솔하게 그리려 한다. 나아가 자연과 인간이 하나로 조화되는 모습을 과장 없이 묘사하려 한다. 밀도 있는 언어와 재치 있는 표현은 그의 시에 긴장과 탄력을 주고 있고, 사물을 대하는 따뜻한 시선은 읽는 이를 흐뭇하게 한다.

그러나 무엇보다도 그에게 있어서 특징적인 것은 인생을 긍정적으로 보려는 자세라 하겠다. 현실에서 모순과 부조리를 느끼면서도 언제나 그것을 받아들여 극복하려는 의지를 보인다는 점에서 그의 인생관은 지극히 긍정적이다. 그의 시가 항상 자연에서 시작하여 인간으로 오기 때문에 그의 시는 단순한 듯 하면서도 다기하고, 직설적인 듯 하면서도 함축적이다. 그의 시들은 깊은 울림이 있다.

— 부산대 교수 / 평론가 金天惠
— 〈문예한국〉 발행인 蘇漢震

추천사

# 뿌리의 절망과 줄기의 아픔을 보는 시

바닥을 모르는 사람들에게 말한다
세상 무엇이든 바닥부터 차올라야 하는 법이라
세상을 차오르게 하는 바닥의 착한 삶들과 함께 가라
동편으로 떠오르지 못하고
먼저 서산에 기울어버린 상현달 같은
기운 삶들의 손을 잡아주라

〈중략〉

도구가 되어주라
목마른 사람에게 물이 되어주고
배고픈 사람에게 밥이 되어주라
풀잎보다 연약한, 가을보다 쓸쓸하고 바람보다 외로운
사람이 사람에게—

— 「사람이 사람에게」 중에서

13

사람이 사람에게라는 제목이 암시하고 있듯이 이 시는 사람이 사람에게 하는 전언이다. 이 시를 읽는 이가 사람이라면, 이 시인의 발언을 지극히 당연한 진실로 받아들여야 한다. 시는 근본적으로 당연한 말을 전하기 위해 형성된 양식이 아니다. 당연하지 않은 것, 놓치고 있는 것, 숨겨진 진실을 드러내기 위해 존재하는 양식이다. 그러므로 이 시는 상식적이고 비시적인 발상에 의해 쓰여진 것이지만 그 속에는 사람이 사람에게 하는 당연한 말이 왜곡된 현실을 역설적으로 드러내고자 한 의도가 숨어 있다. 새로운 발견의 미학에 치중하기에는 오늘의 삶이 너무 헛돌고 있다는 인식에서 박선규 시인의 시는 출발한다.

시인의 시선이 발전에서 소외된 이면을 주목하고 있는 것은 그 때문이다. 오랫동안 뿌리내리고 살아온 땅에서 한순간에 국외자가 되는 쓸쓸한 풍경을 우리는 다반사로 보고 있다. 그의 시선이 화려한 꽃을 향하지 않고 그 향기와 아름다움에 가린 줄기와 뿌리를 보고 있는 것은 그래서 당연한 귀결이다. 그의 시작 지향은 밖으로 드러난 화려함을 보는 데 있지 않고 그 이면과 근원을 보려는 데 있다. 그것이 또한 외롭고 가난하고 쓸쓸한 시쓰기의 의미일 것이다. 시인이 뿌리의 절망과 줄기의 아픔에 주목하는 것은 그 절망과 아픔 때문에 비로소 꽃이 아름다울 수 있다는 것을 역으로 드러내기 위해서이다. 그래서인지 그의 시적 열

망은 무척 소박하다. 그가 피우고자 하는 꽃은 화사하고 진한 향기의 꽃이 아닌 수수한 풀꽃이다. 그 빈들에 풀꽃으로 외롭고 추운 들을 따습게 녹이고자 한다.

– 시인 최영철

# 차례

## Ⅱ. 꽃의 침묵

서양화가 서영선

I
•
북한산에서

# 북한산에서

북한산에 와서
생각합니다
깨달은 자는 침묵한다는 것을,
흐르는 물처럼
삶은 낮은 곳으로 흘러가야 하고
저 나무들처럼
단순하고 간결해야
삶이 푸르고 향기롭다는 것을,

저 아픈 세상 속으로 들어가면
잠깐동안 나의 맹세도
무너져버리고
나는 다시 세상의 가시가 되어
떠돌아다니겠지요

북한산에 와서
생각합니다

세상의 아픔이 더 깊어지지 않는 것은
당신의 푸르름 때문이라는 것을

내 서러운 눈물을 씻고
저 열매처럼 단단하게 여물어져서
푸른 잎으로
한 시절 피었다 갈 수 있기를

# 소원

하느님께서 어느 날
소원이 무어냐고 물으셨다

다 들어 주실 거냐고 물었다
한 가지만 말하라고 하셨다

소원이 없다고 말씀드렸다

# 지나간다

지나간다
무심한 바람과 강물
기약 없는 세월도
못 견딜 것 같았던 아픔과
버거운 삶도
그리고,
지나가지 말아야 할
그리운 그대마저도

# 돌멩이

때로
밟히며 살더라도
서러워하지 말라
너는 이미
얼마나 많은 것들을
밟으며 걸어왔느냐

# 한강

어둠이 길을 지우고
뜨거운 햇살과
찬 비바람이
가로막아 서더라도
멈출 수 없었던 것은
그대에게로 가는
길이었기 때문에

# 대남문

떠나는 것들의
엇갈림
다시 만날 수 없는 것들의 그리움
내 마음의 문으로
얼마나 많은 것들이
지나갔는가
大南門 지나는
바람 소리

# 희망사항

자본주의도
계급도 없는 세상에서
착하게 살아도
잘 살 수 있는 날은
올 수 있는 것인가

# 포장마차

노가리가 통째로 탄다
소주 맛이 쓸수록 바짝 태운다
언 마음을 녹이지 못했던 사람들이
막소주로 몸을 데우며
비틀어진 닭똥집을 체념처럼 굽는다

한 무표정의 젊은 여자가
별로 주의注意할 일이 없는
그의 생활처럼 국거리들을
손에 잡히는 대로 듬성듬성 썰어서
마음대로 요리되지 않는
운명 위에 넣는다

막막한 황야 위를
가야 할 곳도 굴려 갈 바퀴도 없이 서 본 일이 있는가
감춰야 할 것이 많은 흠 많은 사람들 앞에
카바이트 등은 더럽게 밝게 타서

말없이 소주만 쏟아붓던

잠깐의 휴식마저 압류당했던 사람들에게 허락된

무단출입구역


비빌 언덕이 없었던 사람들이

낡은 나무 의자에 엉덩이를 비비고 간다

# 참회록 懺悔錄

쌀 한 톨
실오라기 하나
짓는 일 없이
공空으로 숨어 살아온 세상에
미안하다

거리의 당당한 삶들에게
미안하다

그러고도 버젓이 살아온
세상에
고맙다

# 흥정

한줌의 덤
몇 푼의 돈 때문에 벌이는
격렬한 흥정에
끼어들지 못한 것은
내가 아량이 넓어서가 아니라
떳떳하게 살아오지 못했던
부끄러움 때문이다

# 석송石松

산다는 것이
그냥
참고 견디는 것이 아니다
어떤 때,
바윗돌에 뿌리를 내린
소나무처럼
세상에 치열하게
싸움을 걸어야 한다
이기던
지던

# 아버님 전 상서上書

아버님

어젯밤에 어머님께서

아버님 계신 곳으로 가셨습니다

잘 도착하셨는지요

장례미사에서

신루시아가 지은 죄가 있다면

그녀의 삶의 멍에를 생각하시어

사하여 주옵소서라는 신부님 말씀에

제 가슴이 미어졌습니다

그 멍에가 바로 저였습니다

두 분 멍에를 내려놓으시고

편히 쉬십시오

# 산 벚꽃

세월이 빨리
지나가 버렸으면 좋겠어요
그의 쓸쓸한 독백 위로
한줄기 바람에
산 벚꽃은 지고
실없이 봄 하늘만
높고 푸르다

세월이 빨리 지나가 버렸으면
좋겠어요
새파란 하늘 아래
흩날리던 벚꽃잎들

# 순정

언 땅을 밀어내고
꽃이 피는 것은
세상에 대한 순정 때문이다
찬 비바람에
툭 져버리는 것도
그 때문이다
꽃을 보거던
순정을 생각하라

# 그게 다예요

마지막으로
할 말이 있느냐고
물으셨지요
할 말이 없어서
그냥 돌아서 왔어요
그게 다예요

# 미안해요

그때,
미안하다고 말하지 못한 게
미안해요
미안하다는 말만으로는
안될 것 같았어요
그때
그렇게라도 말하지 못한 게
세월이 지날수록
참, 미안해요

# 다리

세상의 길은
혼자 건널 수 없어
우리
서로 손잡고
다리가 되자
우리 같이
마음의 무지개를 띄우면
세상에 못 건널 길이
없으니

# 빨래

젊은 날
비록 허공이라 하더라도
푸른 하늘을 향해
휘날리던
하얀 꿈이 있었지
삶에 빛바래고 얼룩져
어둠 속에 갇힌 지금
운명은 털어지지도
빨아지지도 않는다는 것을
알면서도
다시 한 번 저 빨래처럼
푸른 창공을
하얗게 휘날려 봤으면

# 가을날 오후

빨간 단풍잎으로 물들었다가
냇물을 따라 흘러보았다가
흰 구름 안고 떠돌아보았다가
텅 빈 바람만 안고
가을 산속을 헤매이다가
눈을 감으면
눈물 가득 고이는
가을날 오후

# 밤눈雪

언젠가
변하고 사라질 것들에 대하여
너무
무거운 마음을 올려놓지 말자
싸락싸락
밤눈 내리는 소리

# 소주병

누구의 삶이
그토록 독했던지
깨어날 수가 없이
차라리 취해버리고 싶어
누군가
독한 가슴으로 들어가버린
빈 소주병을 보면
가슴이 아린다

# 서울의 달

제대로 어두워져 본 적도 없이
무엇이던 다 있으면서도
아무것도 없는 곳
매일 새로운 날이 오지만
어제와 똑같은 오늘과
내일이 있는 곳
하찮은 것들을 얻기 위해서
소중한 것들을
다 팔아 치우는 곳
그 곳에서 오랫동안
너에게 기대어 살았다
이 좋지 않은 세상을 살아 갈
너를 생각했다
그리고 때로
혼자 엎드려 울었다

# 기도

한때는
다음 세상에서
내가 원하는 대로
태어날 수 있기를 빌었다
지금 나의 마지막 기도는
아무것으로도
다시 태어나지 않는 것

# 빈집

돌아오는 밤길에
비추는 달은
통 말이 없었습니다
돌아가는 빈집도
말이 없겠지요
돌아와 혼자
슬픔에 밥을 말아먹는 날
나도 이제
할 말이 없습니다

# 가을 산

견디기 힘든 일이 닥쳐도
좌절하지 말자
가을 산을 보라
그대는 지금
그렇게 빛나고 있는 중이다

외롭고 슬픈 일이 있어도
울지 말자
그대는 지금
아름다워지고 있는 중이다
가을 산처럼

신념은
고통과 슬픔의 힘으로 빛나고 커진다

# 컵라면

편의점 창가에 서서
가늘어진 아이들이
컵라면을 먹는다
라면발처럼 가늘어져서
너희가 가져야 할 외로움마저
빠져나가버리고
이제
무엇이 남았는가
어두워진 창가엔
별도 뜨지 않는다

# 삶

영원히 산다고 하면
꽃인들 아름다우랴
흔들리지 않고 빛난다면
별빛인들 아름다우랴
삶의 멍에를 지고 가는 건
흔들리며 가다가
사라지기 때문에

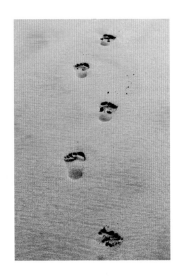

# 뿌리

푸른 하늘을 이고 산다면
바닥에 있더라도
서러워하지 마라
처음부터 나의 운명은
물 한 방울 공기 한줌 없는
바닥 아래로 내려가는 것
그 칠흑 같은 어둠을 밀어올려
푸른 나뭇잎과
아름다운 꽃을 피운다
힘들고 어려울 때
뿌리를 생각하라

서양화가 서영선

Ⅱ
·
꽃의 침묵

# 헌 구두

나 한때 광光났었지
철없이 세상을 밟고 다닌 시절

몸을 낮출수록 단단한 다리가 된다는 사실을
일찍이 터득하지 못하고
나 지금 징검다리도 되지 못해
세상 강가에 쭈그려 앉아 있다네

세상을 내디딜 때 제일 먼저 땅에 닿아
온몸으로 떠받쳐주던
뒤축이 닳아 헤진 헌 구두 굽을 보며
세상 한 곳도 떠받치지 못하고
닳아 해져버린 마음을 보네

나 왕년往年에 광光났었지
세상의 헛된 것들을 밟으며

비 개인 뒤의 무지개처럼

세상을 향하여 버릴 때

광光나는 것인 줄 모르고

# 외딴집

어떤 때
나 세상에서 뚝 떨어져 나가
깊은 산 속 외딴집 되고 싶다
팍팍한 세상 사람들 나를 쳐다보고
외로워지도록 만들고 싶다
나도 외로워져서
외로운 세상과 손을 잡고 싶다

아니면 이 그리울 줄 모르는 세상을
뚝 떼어서
저 깊은 산 속 외딴집으로
던져버리고 싶다
세상이 그리워지도록 만들고 싶다
나도 그리워져서
그리운 세상을 보듬고 싶다

# 고장 난 시계

하루에 몇 분씩 늦게 가다
밧데리를 넣어도 가지 않는 고장 난 시계를 보며
뒤처져 가는 것이 얼마나 버거운 일인가
나도 갑자기 멈춰 서고 싶어진다

아무 흔적 없이 그냥 멈출 수 있다면
나는 지금 몇 시 몇 분쯤을 가고 있는 것인가
먼저 멈춰 버린 시계를 보고
우리는 어리석게도 울었다

시계 톱니바퀴처럼 맞물려서 멈출 수 없는 생生
빠지게 돌다가 어느 순간 밧데리가 나가고
누군가 나를 고장 난 시계처럼 쳐다보고
어리석게 또 울겠지 우지마라

언젠가는 모두 멈춰야 될 것을
플라스틱 및 캔 류類 라고 쓴 쓰레기통에
고장 난 시계를 버리며 빌어 주었다

아무 세상에도 다시 가지 말고
아무 것으로도 다시 태어나지 마라
바람도 아니게 한 점 티끌도 아니게

# 봄날에

봄날에

벚꽃나무 아래 가 서 보리라
벚꽃처럼 하얗게 피어 보리라
이 세상을 향해
벚꽃처럼 눈부시게 웃어 보리라
그대를 얼마나 사랑하는지
활짝 핀 벚꽃나무 아래에서
편지를 쓰리라

세상이 버거울 때
벚꽃나무 아래 가 서 보리라
하얗게 눈부신 벚꽃처럼
가슴을 열어
나를 가벼이 날려 보리라
그러다가 속절없이 져 보리라

벚꽃은 하얗게 피어 눈부신데

나는 가슴을 열면 왜 눈물부시나

봄날에

# 봄비

시퍼렇게 얼었던 하늘이 풀리면서
봄비 온다
아파트 베란다 유리창에 번지는 빗물
여기까지 왔는가

빗소리도 들리지 않는 공허한 도시의 창밖으로
지나온 자욱들이 흐리게 가라앉는다
거리에 바람이 불고 어떤 삶들이 흔들린다
하늘을 나르던 새들은 다 어디로 갔는가

한마디 말도 없이 나도 또 그렇게
어디로 가야 하나
봄비 온 뒤
노란 산수유 꽃 피기도 전에

# 너를 잊으려고

너를 잊으려고
봉숭아꽃은 빨갛게 피어서
눈이 시리고
어둠 속에 눈물처럼 어리는 달빛

너를 잊으려고
바다는 밤새 어깨를 들먹이고
후두둑 후두둑
양철 지붕을 때리는 빗소리

나는 너를 잊으려고
우산 없이 밤길을 걷는다
부질없이

너를 잊으려고
삼월이 오고
사월이 가고

# 장미

아름다운 눈으로 세상을 들여다보라
장미의 꽃잎처럼
세상을 향해 손을 놓을 때 아름답다

장미는 꺾여도 울지 않는다
아픔이 없어서가 아니라
비정한 세상에
눈물을 보이고 싶지 않기 때문이다

사나이가 울지 않아야 하는 것도
그 때문이다

사람은 연약하고 세상은 상처받기 쉬워서
산다는 것은 상처를 끌어안는 것이다

어떤 성자聖者는
사람은 신神 앞에서 선 단독자라고 했다

나는 쏠쏠함을 안고 사는 것이
삶임을 믿는다

시들어도 꽃잎을 떨구지 않는 장미처럼
자신을 지키는 것은 아름답다

장미가 아름다운 것은
이미 장미가 그대를
아름답게 바라보고 있기 때문이다

아름다운 눈으로 세상을 바라보라
장미처럼

# 바위

나는 흔들리지 않겠다
진정한 아름다움은 흔들리는 꽃잎이 아니라
오래토록 변하지 않는 것임을 보여주겠다

뿌리가 없어도 신념만으로
흔들리지 않는다는 것을 보여주겠다

세월과 바람에 풍화되어
내 몸이 쪼개어져 네 발부리에 채이더라도
외로워하지 않겠다
외로움을 견디는 것이 고귀한 것임을 보여주겠다

네가 사랑하는 사람의 이름을 내 몸에 새기더라도
나는 아파하지 않겠다
진정한 사랑이란
초월이라는 것을 보여주겠다

공기 하나 물 한 방울 받아들일 수 없는

내가 가는 길이 힘들고 고통스러운 길이라 하더라도

꿋꿋이 나의 길을 가겠다

세상에 대해 말하지 않겠다

정직은
아주 비싼 재능이다.
싸구려 인간들에게
기대하지 마라.

-워렌버핏-

# 나에게 묻는다

바람처럼 왔다가
구름처럼 떠돌다가
꽃잎처럼 지고 나면
한 점 티끌도 아닌
우리는
참되게 살았는가

# 달집

보름이 되자 사람들은 큰 달집을 만들어
소원을 담은 하얀 쪽지들을 촘촘히 꽂았다
첫사랑이 그랬듯이
이루어질 수 없는 것은 아름답다

세상에는 태워버려야 할 것들이 얼마나 많은가
때로는 그것들을 그대로 밀고가야 될 때도 있다
불을 놓자 불길 속에 해탈한 별들이 빛나고
번뇌들은 불티가 되어 흩어졌다

아이들이 쥐불을 돌리자 갑자기
개기월식 한 달들이 떠올랐다
쥐불 속으로 지구가 둥글게 돌았다
보름달 세상이 잠시 환한 생각에 잠긴다

# 시장 市場에서

낡은 흑백필름이 돌아간다
바람도 골목 어귀를 빠져나가지 못하고
운명의 수레바퀴처럼 바닥으로 가라앉았다
돌아와야 할 길을 떠나지 않았던 한 노파는
그의 전 생애를 맨몸으로 부둥켜안은 채
하우스 나물들을 다듬으며 세월을 거슬러 본다
조각구름처럼 떠돌았던 거친 노동의 손등 위로
또 한 겹 서러운 시간의 나이테가 감긴다
낡은 흑백필름이 끊기면서 퍽퍽 뚫린
여백의 펑크 같은 공간 속에서
물간 사람들이 하나 둘 새어 들어왔다
이렇게 한 바구니에 담을 수 있는
간결한 생生을 가진다는 것이
얼마나 아름다운 것인지도 모르는

# 흰밥

흰밥이 어두운 입으로 들어 갈 때
생각하라

흰밥을 먹고 시커먼 짓을 하지 않았는지
피와 살이 되는 흰밥을 먹고
다른 사람의 가슴에 멍이 되지는 않았는지
흰밥을 씹을 때 세상의 쓴맛을 씹고 있을
배고픈 사람의 찬밥을 생각하라

흰밥이 되기까지
거름이 된 모든 것들과 이들을 가꾼
어떤 사람의 하염없는 사랑을 감사하라
배부른 밥을 먹고 둥근 세상 어느 한 곳을
찌그러뜨리지는 않았는지 생각하라

어두운 곳에서 힘이 되는 밥처럼

그늘진 세상의 힘이 되라

흰밥처럼 깨끗하게 살아라

# 하느님 전상서

하느님께 씁니다


세상은 살아 볼 만 한 것이었습니다마는
날이 갈수록 어둡고 축축한 곳으로
너무 기울어 갔습니다


이대로 가다가는 완전히
찌그러질 것 같습니다
열나게 살았습니다마는
찬바람만 납니다


욕심을 버리라고 말씀하신다면
사는 것이 보잘 것 없는 것임을
이미 알고 있습니다마는
자꾸만 돌이킬 수 없는 쪽으로
가고 있는 것 같습니다

물론 하느님께서도 알고 계시리라 믿습니다마는
기적을 바라지는 않습니다

이제 더 이상 기댈 언덕도 없는
깨우치지 못한 어린 한 백성이
쓸 데 없이 하느님께 씁니다
선처해 주십시오

# 아파트

사람들은 퍼즐게임을 하듯이 아파트를 올려 나갔다
아파트 사이로 뜬 모난 하늘이 위태로워 보인다
제대로 커야 할 나무들과 아이들까지
아파트처럼 반듯반듯하게 자라고
달도 어떤 때에는 아파트 귀퉁이에 걸려 끙끙 앓았다

세상도 게임의 법칙처럼 이젠 결과로만 말할 수 있다
길 잃은 새들이 떠돌았던 어느 창窓엔가
빨간 근조謹弔 등燈이 내걸린다
허공에 뜬 삶

너른 세상을 두고 좁은 곳으로 비집고 들어갔던
속에 퍼런 멍이 들 대로 든 사람들은
발을 뻗고 잠이 들었을까
사는 것이 무엇인지 아직 퍼즐을 풀지 못한
불 밝힌 몇몇 창窓들이 쓸쓸하게 흔들린다

# 리모콘

뜬금없이
멜로에서 액션으로 광고로
스포츠에서 뉴우스로 코메디로
리모콘을 돌리다가
누군가 리모콘처럼 돌려서
짬뽕이 되어 뒤섞인 하루를 본다
혹 나는 또 누군가의 화면을
찔뚝없이 돌려버리지는 않았는가
우리는 왜 인내심을 갖지 못하고
조금이라도 재미없는 장면은
막간幕間 없이 냉정하게 엎어버리는가
그러다 결국 자신까지도

# 수평선

수평선을 보며 생각했지요
가다 보면 그 끝자락을 잡고
푸른 하늘에 가 닿을 거라고

그래도 세상은 둥글 거라고 믿었지요
그러나 아무리 다가가도 수평선은
한 발짝도 앞으로 오지 않는다는 걸 알았지요
철부지 때의 짝사랑처럼

노을이 빠지고 난 어둠의 바다 위로
하얀 집어등集魚燈 불빛들이 아카시아 꽃잎처럼 펴질 때
누군가 외로움을 삭이지 못하고
내다 거는 거라 생각했지요

세상은 모두 종이 한 장 차이라고 말했지만
하늘과 땅 사이는 너무 넓었지요
모난 세상의 바다에서 바라보는

둥근 지구의 수평선처럼

세상은 처음부터 아귀가 맞지 않았던 거지요


삶이란 그런 것인가

수평선을 보며 생각했지요

# 꽃의 침묵

여린 꽃잎들은
추운 언 땅을 밀어내고
아름다운 꽃잎들을 내면서도

찬 비바람에
목숨이 꺾여
길바닥에 휩쓸려 가면서도
말 한마디 하지 않았다

세상에 대해
사람에 대해
함부로 말하지 말라

# 큰 개 불알 풀꽃*

큰 나무들도 마른 가지를 틔우지 못한
꽃샘추위 매서운 날
길섶위에 참 예쁘게 핀
연보랏빛 풀꽃 보았어요

아직은 언 땅에 무슨 그리움 있어
연보랏빛 꽃잎을 밀어 올렸는지
궁금했지요
너무 예뻐서 이 세상 말로는
이름 지을 수 없을 것 같았어요

식물도감을 한참 뒤진 끝에
또 한 번 너무 놀랐지요
그토록 예쁜 꽃 이름이 무지막지 한
큰 개 불알 풀꽃이라니

그러나 나중에야 깨닫게 되었지요

세상이 불평등하다고 핏대를 올리며

우리는 얼마나 과대포장한 이름을 걸고

살아 왔는지

한 점 의혹도 없는

큰 개 불알에게 미안했어요


* 영호남 밭둑이나 언덕에 자라는 두해살이풀, 일명 봄까지 꽃 뿌리는 약재로

  쓰인다.

# 당신

내 딴딴하고 퍼렇게 멍든 가슴이
물과 공기와 바람과 세상의 햇볕에 녹아
발갛게 물들 때까지

그렇게 물들어 파란 하늘에 걸려서
누군가 나를 보고 쓸쓸함에 젖을 때까지

푸른 하늘을 떠돌던 새 한 마리
내 붉은 살점으로
주린 배를 채울 때까지

아무도 나를 보아 주지 않고
창공을 떠돌던 새들마저 떠나버리고
스스로 외로움의 무게를 어기지 못하고
언 땅 위로 떨어져
대지로 다시 돌아갈 때까지

내 진자리에
마른 바람이 찾아와
빈 가지를 흔들며
소리 내어 울 때까지

저 허공에 매달려 있었던 것은
당신
이 세상에 내가 사랑하는
당신이 있었기 때문입니다

서양화가 서영선

Ⅲ
·
사람이 사람에게

# 풀잎

풀잎이었으면
푸른 하늘밖에 아무것도 볼 수 없는
낮은 풀잎이었으면

만남도 이별도 없이
한곳에 뿌리를 내려 푸르른
한 시절 풀잎이었으면

찬 서리로 영롱한 이슬을 맺고
짓밟혀도 푸르게 다시 서는
순결한 풀잎이었으면

공기보다 가벼운 풀씨로 둥실 떠서
척박한 세상 어느 곳에서라도 푸르게 피어날
아무것도 소유하지 않고 아무것에도 소유되지 않는
하찮은 풀잎이었으면

그대 외로울 때 풀피리 소리되어

그대 빈 가슴을

푸르게 떠다녔으면

# 청춘

세상과 맞설 수 있었다
정의를 위하여 몸을 던질 수 있었고
그 다음은 생각지 않았다
사랑을 위하여 목숨을 걸 수 있었고
모든 것을 버릴 수 있었다

뜨거웠다
풀이파리 목숨을 얹어서
길가에 앉은 할머니의 시든 좌판을 보면
뜨거워졌고
사람 위의 사람을 보면 뜨거워졌다

순수했다
여름 햇살에 불타고 싶었고
가을바람을 따라 가고 싶었다
겨울눈처럼
하얗게 내려 보고 싶었다

어떤 때는

봄이 오기도 전에 지는 목련처럼

지고 싶었다


무모했다

구름을 따라가다가

낭떠러지에 떨어지기도 했고

이유 없이 이름 모를 곳으로 떠나고 싶었다


그러나

가는 것은 청춘이 아니라

변해가는 세상

소유를 가지면서 청춘을 버린다

# 제로, 제로, 제로

밤비에 젖어가는 낙엽처럼
1989년 10월 캠퍼스의 가을이 깊어가고 있다

비에 젖은 보도 위엔
불탄 화염병, 깨진 유리조각, 돌멩이 부스러기들이
찢어진 역사의 잔해처럼 널리고
최루가스는
죽은 자들의 젊은 영혼처럼 떠돌고 있다

길모퉁이엔 전투경찰 몇몇이
키 작은 나무들처럼 모여 앉아서
빗방울이 떨어져 담기는 그릇을 비우며
허기를 채우고

동지여 내가 있다 산 자여 따르라
목쉰 학생들의 외침이 아득한 밤하늘로 흩어진다

돌멩이에 맞은 공중전화 박스 송화기는

이 시대에 버림받은 어느 지성인의 모가지처럼 흔들리며

매달려 있고


전화요금 표시기엔

아무것도 남아 있지 않은 우리들의 메시지처럼

제로(0), 제로(0), 제로(0)가

깜박거리고 있다

# 예전엔 미처 몰랐지요

꽃이 대지의 어둠인 것을
달빛이 어둠의 눈물인 것을
그대가 나의 외로움인 것을

우리 가는 길이 모두 같다는 것을
세월이 아니라 내가 간다는 것을
하루 해보다 짧게 살다 간다는 것을

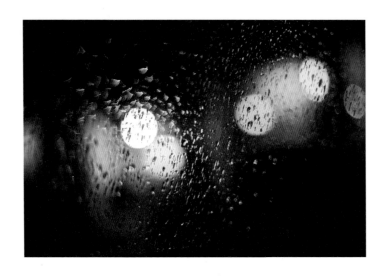

# 담배

강산성强酸性의 남자가
담배를 피운다

번뇌의 세상을
하얗게 태워버리려는 걸까
고단한 삶을
날려버리려는 걸까
버려진 일들을
비벼 꺼버리고 싶은 걸까

태워버릴 수도
날려버릴 수도
꺼버릴 수도 없는
헛된 꿈을

# 숲의 메시지

혼자 가는 것이 아니라
그렇게 어우러져야 하는 것이다
바람이 불면 평등하게 바람을 맞고
비가 오면 같이 젖어야 한다
누구의 소유가 되는 것이 아니라
서로의 그늘이 되어야 하는 것이다

사랑과 신뢰는 시끄럽게 거래되는 것이 아니라
고요히 나누고 말없이 보여줄 때 깊어지는 것이다
새롭게 태어나기 위해서는
떨어지는 아픔을 감수해야 한다
풍요로워지기 위해서는 나누어야 한다

폐허를 기억하라

# 눈 오는 날

눈 오는 날
사람들은 기쁨에 겨워
모두 즐거워했지만
세상 탓이라고만 말할 수 없이
더럽혀진 내 마음 때문에
나는 많이 울어야 했다

눈이 산천에 쌓여 흰 누리가 되고
사람들은 흰빛에 젖어
모두 평온해졌지만
겨울 탓이라고만 말할 수 없이
얼어붙은 내 마음 때문에
나는 많이 떨어야 했다

더러운 하천이나 마른 가지에도
흰 눈이 내려 외롭지 않은데
바람 탓이라고만 말할 수 없이

흔들리는 내 마음 때문에
나는 많이 괴로워해야 했다

눈 오는 날
흰 눈이 쌓여도 지워지지 않는
하얗게 바래버린 옛일들 때문에
나는 많이 울어야 했다

# 겨울나무

이제는 더 어두울 것도
어두워질 것도 없는 겨울나무 사이로
빈 어둠이 내리고 있다

이제는 더 적실 것도
적셔질 것도 없는 겨울나무 사이로
찬 비가 내리고 있다

순정을 사고 팔던 사람들도
꿈결처럼 흘러가고

이제 더는 어지럽힐 것도
어지럽혀질 것도 없는 겨울나무 꿈 사이로
어지러운 그대 꿈처럼
별이 떨어진다

이제는 더 울어야 할 것도
울어줄 것도 없는 겨울나무 사이로

이제는 더 보내야 할 것도
떠나야 할 것도 없는
서러운 겨울바람이 불고 있다

# 마지막 편지

뒤돌아보지 말고 가라
사랑했다고 말하지도
사랑했느냐고 묻지도 마라
그건 나도 모른다

잊어 달라던지
잊어버리라고 말하지도 마라
그것도 알 수 없는 일이다

행복하라던가
잘 살아라는 말도 필요없다
그건 이미 깨어져 버린 일이다

세월을 따라 흘러가다
문득 소리 없이 내리는 어둠처럼
지난 일들이 떠오를 때면
지난 일로 그냥 지워버리면 된다

지금 감당하기 어려운 것은
나도 잘 모르겠다
남은 것은 또
세월이 해결해 준단다

그리고 마지막이란 말은
하지 않는 것이란다
이 편지 역시
너에게 부쳐지지 않을 것이다

# 4월의 노래

속세 바람 드센 날
그냥
그리움이라 써놓고
지난 일 생각에 잠깁니다

천지에 가득한 꽃잎도
그리움의 눈물인가요

아 – 물따라 흐르는 꽃잎처럼
흘러가버리고 싶은
4月 …

# 달에게

그의 외로움을 사랑했다

나의 외로움을

이제 버린다

# 가을의 전설

바람은 나무를 사랑했던 것이다
머물지 못하는 그의 삶 때문에
나무는 그때마다 흔들려야 했지만 그를 받아들였다

그들의 사랑이 깊어져 갔다
가을이 되자 바람은 애정의 열병을 가누지 못하고
나무를 칭칭 감아 돌며 몸이 식어갔고
바람에 제 몸을 맡긴 나뭇잎들은
빨갛게 불타오르기 시작했다

사랑은 가눌 수도 주저할 수도 없는 것
사랑을 다 태운 나뭇잎들이 져버리자
한곳에 뿌리를 내려 머물 줄 알았던 빈 나뭇가지를 안고
바람은 윙윙 울었던 것이다
낙엽이 가지고 떠난 가을의 전설

# 사람이 사람에게

바닥을 모르는 사람들에게 말한다
세상 무엇이던 바닥부터 차올라야 하는 법이라
세상을 차오르게 하는 바닥의 착한 삶들과 함께 가라
동편으로 떠오르지 못하고
먼저 서산에 기울어버린 상현달 같은
기운 삶들의 손을 잡아주라

눈물을 모르는 사람들에게 말한다
삶이란 투명해질수록 눈물나는 것
꼬여버린 생활보다 더 꾸불꾸불한 어두운 골목길을
아무 일 없이 열어주던 보안등 같이
가난은 빈 것이지만 지고 가기엔 너무 무거워
등 굽은 삶의 길들을 밝혀주라

절망을 모르는 사람들에게 말한다
야간 경계 훈련처럼
컴컴한 어둠 속을 밤 몇 톨을 들고 헤매는

군밤 장수의 군밤을 끼운 실날 같은 운명에

닻줄 같은 희망을 걸어주라


도구가 되어주라

목마른 사람에게 물이 되어주고

배고픈 사람에게 밥이 되어주라


풀잎보다 연약한,

가을보다 쓸쓸하고 바람보다 외로운

사람이 사람에게—

# 코스모스

온 천지天地가 파란 싹을 움 틔우던
아름다운 봄날의 황홀함도 참았습니다

작열灼熱하던 태양太陽에
온 세상이 발가벗기우던
뜨거운 여름의 유혹도 이겨내어 왔습니다

가을이 지나가는 하늘에
찬바람에 실려
홀로 흔들리겠습니다

서러운 자들의 가슴에 남아 눈물로 돌다가
겨울의 두꺼운 시간時間 앞에서 못다 하고 남은
우리의 사연事緣들이 사라져 가던 날

말없이 지겠습니다

# 하천下川

한때는 일류였던 나이트클럽 3류 여가수가
무대 뒤에서 남몰래 흘린 검은 마스카라의 눈물 같은
도시의 하천이 흐른다

자기가 흘려놓은 구정물인지도 모르는 사람들은
더러워서 상대도 하기 싫다는 듯
외면하고 지나가고

남이야 아무리 상처가 깊더라도
자기만 괜찮으면 상관없는 사람들이
숨통까지 덮어버리고는
반질반질한 신작로를 만들어 웃으며 지나간다

삶은 반전反轉되는 것
어떤 때는 푸른 바다가 되고
어떤 때는 검은 하천이 되기도 한다는 것을
남의 일이라고만 말하는 사람들에게

이것이 같은 것이라는 것을 말하려고
하천은 온갖 더러운 것을 다 참아내고
기어이, 기어이,
바다로 간다

IV
·
시와 좌우명

# 가슴으로 새긴 글

어릴 적 성경을 읽고 논어를 배울 때부터
처음 이 글들을 만났을 때 짜릿한 전율로
내 영혼을 흔들었고
살아오면서 힘과 용기가 되었고,
정신적 지주가 되었던 잠언들이다.
이 위대한 잠언들이 나의 정신적 스승으로
나를 키워왔듯이 더 많은 사람들에게
힘과 용기와 희망을 줄 것으로 믿는다.

# 창세기 – 하느님께서 보시니 참 좋았다

한 처음에 하느님께서 하늘과 땅을 지어내셨다.

땅은 아직 모양을 갖추지 않고 아무것도 생기지 않았는데, 어둠이 깊은 물 위에 뒤덮여 있었고 그 물 위에 하느님의 기운이 휘돌고 있었다.

하느님께서 "빛이 생겨라!" 하시자 빛이 생겨났다. 그 빛이 하느님 보시기에 좋았다. 하느님께서는 빛과 어둠을 나누시고 빛을 낮이라, 어둠을 밤이라 부르셨다. 이렇게 첫날이 밤, 낮 하루가 지났다.

하느님께서 "물 한가운데 창공이 생겨 물과 물 사이가 갈라져라!" 하시자 그대로 되었다. 하느님께서는 이렇게 창공을 만들어 창공 아래 있는 물과 창공 위에 있는 물을 갈라놓으셨다. 하느님께서 그 창공을 하늘이라 부르셨다. 이렇게 이튿날도 밤, 낮 하루가 지났다.

하느님께서 "하늘 아래 있는 물이 한 곳으로 모여, 마른 땅이 드러나거라!" 하시자 그대로 되었다. 하느님께서는 마른 땅을 물이라, 물이 모인 곳을 바다라 부르셨다.
하느님께서 보시니 참 좋았다.

# 하늘이 무슨 말을 하더냐(천하언재天何言哉)

공자 왈孔子曰

천하언재 만물생언 사시행언 천하언재

天何言哉 萬物生焉 四時行焉 天何言哉

공자께서 말씀하시기를,

"하늘이 무슨 말을 하더냐, 만물을 만들어내고,

사철을 움직이게 하지만, 하늘이 무슨 말을 하더냐."

– 공자

# 한걸음 물러서서 세상을 보니

각래관세간 유여몽중사
脚來觀世間 猶如夢中事

한 걸음 물러서서 세상을 보니, 꿈 속의 일만 같구나.

－『백범일지』중에서

# 백인百忍 — 백번 참아라

백인百忍 백극난百克難

백번 참으면 백 가지 어려움을 이길 수 있다.
성공에 이르는 길은 참고, 참고, 또 참는 길이다.
웅덩이에 고인 물은 썩지만, 굽이쳐 흐르는 물은
언젠가 대해에 이른다.

# Boiled Frog Syndrome(삶긴 개구리 증후군)

개구리를 실험관에 넣고 체감이 없을 정도로 100℃까지 올리면 개구리는 따뜻한 기분에 잠겨 죽어도 모르지만 새 개구리를 넣으면 놀라서 튀어나온다.

– 무사안일주의의 경고

# 순자荀子의 5가지 말세末世 징조

1. 용容이 부婦하고
(얼굴이 여자처럼 예뻐지고 — 미美에만 신경 쓰게 되고)

2. 성聲이 험險하고
(목소리가 험해지고 — 거칠고 욕되고)

3. 속俗이 음陰하고
(풍속이 음탕해지고)

4. 지志가 리利하고
(모든 뜻이 이익에만 집중되고 이기적이 되고)

5. 복服이 조組하다
(옷이 화려해져서 외적外的인 치장에만 열중하게 된다)

- 순자

# 국궁國弓 — 끝이 좋으면 다 좋다

일통 활육불 일불 사육통

一通 活六不 一不 死六通

국궁國弓 7발에서 마지막 한 발이 앞서 쏜 6발을 살릴 수도, 죽일 수도 있다. 독일 속담처럼 끝이 좋아야 다 좋은 것이다.

— endes gut alles gut

# 희생보다 도전 정신이 더 중요하다

미국 고교 럭비 풋볼로 매년 500여 명이 사망한다는 통계 보고
로 미국 고교 럭비 풋볼을 중단할 수 없느냐는 의회 질문에 젊은
이들의 희생보다 미국 청년들의 도전과 투지, 정열이 더 중요하
다고 주장한

**– 미, 루스벨트 대통령 의회 연설문**

# 하느님이 주신 3가지 선물

나는 하느님이 주신 3가지 은혜 덕분에 크게 성공할 수 있었다.

첫째, 집이 몹시 가난해 어릴 적부터 구두닦이, 신문팔이 같은 고생을 통해 세상을 살아가는데 필요한 많은 경험을 쌓을 수 있었고

둘째, 태어났을 때부터 몸이 몹시 약해 항상 운동에 힘써 왔기 때문에 건강을 유지할 수 있었으며

셋째, 나는 초등학교도 못 다녔기 때문에 모든 사람을 다 나의 스승으로 여기고 누구에게나 물어가며 배우는 일에 게을리하지 않았다.

– 마쓰시타 고노스케(일日, 마쓰시다 그룹회장)

# 케네디 묘비명의 4가지 질문

1) 당신은 용감했습니까?
2) 당신은 정직했습니까?
3) 당신은 사랑했습니까?
4) 당신은 봉사했습니까?

# 천지에 가득한 벚꽃송이들

벚꽃을 보려고 벚나무 가지를 꺾어도
벚꽃은 보이지 않네
그러나 봄이 되면
아,
천지에 가득한 벚꽃송이들

**– 일휴스님**

# 장자莊者의 빈 배

폭풍우 몰아치는 바다 위에 배 한 척이 떠 있다.

만약 그 배 안에 사람이 가득 차 있으면 지옥일 것이요,

그 배 안에 사람이 타고 있지 않다면

배는 그저 물결치는 대로 흔들릴 뿐이다.

텅 비어 있으면 자신에게 고요하고

남에게 아름답다.


— 장자

# 스승의 도道 — 무범무은無犯無隱

모母 : 유범무은有犯無隱

부父 : 무범유은無犯有隱

**사師 : 무범무은無犯無隱**

모 : 유범무은

- 어머니 : 범할 수(대들 수) 있지만 속여서는 안 된다

부 : 무범유은

- 아버지 : 속일 수 있지만 범해서는(대들어서는) 안 된다

사 : 무범무은

- 스승 : 속여서도, 범해서도(대들어서도) 안 된다

# 돌아올 수 없는 3가지

(돌아올 수 없는 3가지)

뱉어버린 말 / 놓아버린 화살 / 지나간 시간

(3가지 선택의 자유)

배우자 / 직업 / 인생관

(세상의 3가지 거짓말)

거짓말 / 새빨간 거짓말 / 통계

# 윤선도의 덕례德禮

술을 마시되 덕德이 없으면 난亂하느니라
춤을 추되 예禮가 없으면 잡雜되느니라
오로지 덕례德禮를 갖추면 만수무강하리라


– 윤선도

# 달月의 이면

사람은 누구에게나 달의 보이지 않는 면처럼
누구에게도 보이기 싫은 어두운 면이 있다

**– 마크 트웨인**

## 포구기행

외로움이 찾아올 때,

사실은 그 순간이 인생에 있어

사랑이 찾아올 때 보다

더 귀한 시간이다

쓴 외로움을 받아들이는 방식에 따라

한 인간의 삶의 깊이,

삶의 우아한 형상들이 결정되기 때문이다.


– 곽재구의 『포구기행』 중에서

# 일곱 가지 죄

세상에는 일곱 가지 죄가 있다.

노력 없는 부, 양심 없는 쾌락,

인격 없는 지식, 도덕성 없는 상업, 인성 없는 과학,

희생 없는 기도,

원칙 없는 정치가 그것이다.


**– 마하트마 간디**

# 행복지수

"국가의 목표나 개인적 만족을
단순한 경제적 성장에서 찾을 수 없다.
…
GNP는 삼나무 숲의 파괴와 호수의 죽음,
네이팜 탄과 미사일과 핵무기의 생산으로 증가한다.

GNP는 가족의 건강, 교육의 질, 놀이의 즐거움을
포함하지 않는다.
시의 아름다움이나 결혼의 가치,
우리의 유머나 용기, 지혜와 가르침,
자비나 헌신을 측정하지 않는다.

GNP는 삶을 가치 있게 만들어주는 것들을 제외한
모든 것들을 측정한다."

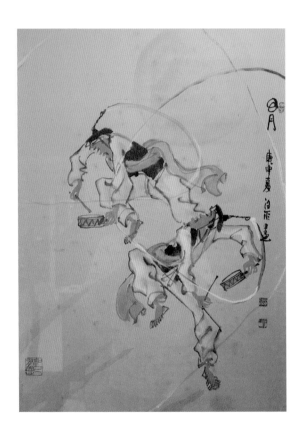

운명이란 우리 삶 앞에 어떤 일이 일어나느냐에 따라 결정되는 게 아니라 어떤 태도를 취하느냐에 따라 결정된다.

꽃<sub>의</sub>

침묵

박선규의  詩와  座右銘

의 중심에 있으면서 세상에서 소외되어 있는 30대와 40대를 위한 서정시집 삶의 중심에

사람이
사람에게

박선규 시집

해성

세상을
나서기 전에

박선규 지음

삶이란 인생 앞에
어떤 일이 일어나느냐에 따라
결정되는 것이 아니라
어떤 태도를 취하느냐에 따라
결정된다.

너 자신을
디자인하라

미다스북스